그때는

KB207930

(wefic)

그때는

이주란

위즈덤하우스

차례

1

내가 아홉 살이었을 때, 나는 이모네 집이 있는 강화도에서 여름방학을 보냈다. 방학이 끝날 때까지 어머니에게선 전화 한 통 걸려오지 않았지만, 나는 그곳에서 매일 옥수수를 쪄 먹고 세 마리의 개들에게 밥을 주고 내 키만 한 빗자루로 마당을 쓰느라고, 무엇보다 자전거를 처음 배우느라고 어머니 생각을 전혀 하지 못했다.

헬멧이랑 보호대 같은 것은 없니? 엄마가
안 챙겨줬어?

엄마가 안 챙겨준 게 아냐, 이모. 내가
깜빡했어. 집에 있어.

부산까지 갔다 오는 건 너무 힘들겠지?

이모는 온화하게 미소 지었고 나를
시내로 데리고 가서 머리에 꼭 맞는 헬멧과
보호대를 사주었다. 난 배우지 않았는데도
그냥 타졌어. 너도 그냥 타면 돼. 해수가
말했지만 그냥 되지 않았다. 나는 이모에게
자전거를 배웠다. 자전거에 금세 익숙해진
나는 해수와 함께 이모부를 마중하러 옆
마을에 있는 정미소까지 달려가곤 했다.

한번은 바람에 날아가는 모자를 잡으려
허둥대다 넘어지는 바람에 논으로 구른
적이 있었다. 얼굴과 손바닥과 종아리가
쓸리면서 많은 피가 났다. 야, 어떡해. 너

이러다 죽는 거 아냐? 나를 구하러 논으로
뛰어 내려온 해수는 나보다 더 많이 울었다.
나…… 못 움직이겠어. 나는 논둑 아래에서
한참을 누워 있었다. 풀벌레 소리를 들으며
서서히 어두워지는 하늘을 보며 나도 모르게
잠깐 잠이 들었다가 깨어났다. 사위가 온통
고요하고 어두웠지만 휴대폰이 없던 때라
우리끼리 돌아가는 수밖에 없었다. 나는
혼이 날까 봐 잔뜩 긴장을 했다. 혼날 이유가
너무나도 많았다. 이대로 도망을 가버릴까,
말도 안 되는 생각도 했다. 해수의 부축을
받으며 겨우 집으로 돌아왔을 땐 이모가 운 것
같은 얼굴로 우리를 한 품에 꽉 끌어안았다.

얼굴이 왜 그래? 어떻게 된 거야?

아냐, 안 다쳤어.

이리 와봐.

이모는 나를 끌어당겨 헬멧과 보호대를

벗긴 다음, 몸 이곳저곳을 살폈다. 내 온몸은
땀과 흙과 피가 섞여 굳은 채로 범벅이 되어
있었다. 그러는 동안 해수는 옆에서 자칫하면
자기도 나와 함께 구를 뻔했다는 이야기를
하고 있었는데, 해수의 목소리는 개 세 마리가
연달아 짖는 바람에 묻히고 말았다. 너희들
찾느라고 저녁밥을 깜빡했구나. 이모의 말에
해수가 얼른 뛰어가 개들에게 저녁밥을
주었다. 나는 그때까지도 아무 말 없이 이모의
손길이 닿는 대로 움직였다.

　　다쳤으면 말을 해야지, 말을.

　　어두운 밤, 시멘트로 잘 정돈된 마당
기둥에 달린 노란 전구 하나가 흔들리고
있었다. 이모는 오랜 시간 내 몸을 꼼꼼히
살폈고, 그러는 내내 울음을 참으며 죄를 지은
듯 꼼짝없이 서 있던 그 여름은 유난히 태풍과
번개가 잦았다고 기억하고 있다. 그리고 그해

겨울방학에 나는 다시 강화도로 보내졌고,
거기서 초등학교를 졸업하는 동안 어머니는
단 한 번도 나를 찾아오지 않았다. 나는 가끔
어떤 종류의 사실을 토대로 덧씌워지고
왜곡되었을 내 기억의 전부가 내가 아는 나일
거라고 생각할 때가 있다.

2

여름, 지금 이 길목은 매미 소리로
가득하다. 나는 1층 식당의 테라스에 앉아
가지찜을 주문하고 숨을 크게 들이쉰다.
여기까지 요 앞 하천의 물 냄새가 나는 것
같다. 종일 들려오던 하천 출입 금지와 범람
시 대피 요령에 대한 안내 방송이 멈추었을 때
세미가 나타나 말을 건다.
　　이모, 저녁을 이제 먹어?

먹었는데 또 먹는 거야.

못 살아, 정말.

세미가 내 맞은편에 앉는다.

우리 반에 빈이라는 애가 있는데 글쎄,
걔가 날 싫어한대.

빈이가 널?

응. 그걸 또 엄청 말하고 다녀.

이런.

근데 난 걜 좋아하거든. 어떡해야 해?

흠.

알려줘, 이모. 내가 어떡해야 할지.

세미의 간절한 눈빛에 조금 고심하는
척을 하다가 말한다.

이모는 잘 모르겠어.

정말 몰라?

엄마한테 물어봐.

안 돼. 가족들한테는 비밀이야.

왜?

막 마음 아파할지도 모르고.

그리고?

봐, 저렇게 바쁘잖아.

알았어. 일단, 네 현재 상태가 어떤데?

내 머리는 걔를 계속 좋아하라고
말하는데, 내 마음은 똑같이 미워하라고 말해.

네 마음이 걔를 미워하라고 한다고?

응. 상처받았으니까 되돌려주라고 말해.

나는 세미에게 누군가에게 상처를
되돌려준 적이 있느냐고 묻는다. 세미는
상처를 준 적은 있지만 상처를 받고서
되돌려준 적은 없다고 대답하고, 내가 왜
없는지를 묻자 방법을 모르기 때문이라고
말한다. 이모는 어른이니까 알지? 세미가 묻고
나는 고개를 끄덕인다. 방법은 알지만 결과가
끔찍할지도 몰라. 세미는 그 말은 듣지 못한

것 같다. 가지찜이 테이블에 도착한다. 나는
뭔가를 더 말하려다 얼른 입을 다문다. 가지찜
한 덩이를 떠서 세미 앞에 놓아준다. 세미는
차가운 물을 가지찜에 부은 다음 입으로 후후
불고, 젓가락으로 열심히 찢어 먹는다. 그런
세미를 사랑스럽다고 느낀다.

　　세미는 가지를 먹으면서 요즘 이불 없이
잔다고 말한다. 내가 왜냐고 묻자, 여름이라서
그렇다고 대답한다. 이모는 여름에도 이불을
덮고 자? 나는 고개를 끄덕이고 세미는 눈을
동그랗게 뜨고 왜냐고 묻는다. 너무 더운데,
왜 이불을 덮느냐고 재차 묻는다. 그러게, 잘
모르겠네, 나는 대답한다. 그러고 밥을 먹는
내내 세미와 이불을 덮지 않는 이유와 덮는
이유에 대해 더 깊게 대화한다. 일어나면
이불이 바닥에 떨어져 있다며? 세미가 묻고
나는 고개를 끄덕인다. 그럼 안 덮는 거

아니냐고 세미가 묻고 나는 처음에 이불을
덮지 않으면 무척이나 허전하다고 대답한다.
나는 문득 내가 이불을 덮는 이유에 대해
차차 알아간다. 아주 오랫동안 나는 이런 식의
대화들을 한심한 거라고 여기곤 했다. 세상의
단 한 사람도 원하지 않는, 조금의 쓸모도
없는 이야기.

걔가 날 좋아할 순 없을까?

그건…….

없지?

모르지…….

왜?

다른 사람의 마음이니까.

흠.

매미 울음소리가 일순간 멈췄을 때 은영
씨가 잡채 한 접시를 내려놓으며 세미와
놀아주어서 고맙다고 말한다.

놀아주는 거 아닌데, 그치. 내가 말하고,
같이 노는 건데, 그치. 세미가 말한다.

게다가 유머 감각으로 치자면 오히려
세미가 나와 놀아주는 것일지도 모른다고
생각한다. 이런 순간들이 내게 얼마나 커다란
안전감을 주는지 은영 씨가 알게 된다면,
아마 내게 백지수표를 내놓으라고 할지도
모르겠다.

날 싫어하지만 않아도 좋겠는데 말이야.

세미의 말에 나는 어떻게 될지 모르니까
일단 두고 보자고 말한다. 뭘 하려고 하지
말고 일단 가만히 있어보자고 말한다. 그러자
세미는 성격이 급해서 자신이 없다고 말한다.
나는 또다시 세미가 사랑스럽다고 느낀다.
그 마음이 자연스러운 거라는 생각이 든다.
성격이 급해서도 그렇겠지만 그냥, 내가
그렇듯이, 사랑을 주고받고 싶은 마음일 뿐인

거라고.

아무튼 세미야, 일단 되돌려주지는 마.
알았지?

알았어. 근데 이모.

잡채를 깨작거리던 세미가 내게 자신이
언제 가장 사랑스러운지 묻는다. 나는
네가 졸려할 때,라고 대답한다. 지금 내가
사랑스럽다고? 세미가 묻고 나는 고개를
끄덕인다. 세미는 이제 자겠다면서 2층으로
올라간다. 그걸 본 은영 씨가 세미를 따라
올라가고 나는 남은 접시들을 말끔히 비운
다음 정리해둔다.

그러는 사이 은영 씨가 내려오고 우리는
함께 주방으로 간다. 은영 씨의 부모님은 마감
중이었고 나는 접시들을 내려놓은 뒤 주방과
가까운 빈 테이블에 앉으려다 일어난다.
빗자루로 가게 앞을 쓸고 재떨이를 비운다.

하지 말라는 목소리, 그냥 두라는 은영 씨
아버지의 목소리가 들려오기에, 이미 다
했다고 대답한다. 가게 안은, 아무래도 동선이
얽힐지 몰라 주인이 쓸도록 둔다.

잡채 어땠어?

너무 맛있었어요.

조금 싸줄까?

네.

은영 씨 어머니와 흔하고 짧은 대화를
나눈다. 내 어머니와 나는 3년 전에 절연했다.
어머니의 인생은 나 때문에 실패했다고
한다. 어머니의 말에 따르면 처음부터 나는
어머니가 원치 않던 아이였고, 어머니는 늘
혼자가 되고 싶다고 말해왔기 때문에 어쩌면
어머니의 입장에서 절연은 아주 자연스러운
일이었을 것이다.

10시가 넘어 은영 씨 부모님까지 2층으로

올라간 뒤 은영 씨와 나는 오랜만에 소주 한 병을 꺼낸다. 편육과 숙주나물과 무생채를 앞에 두고 있다. 은영 씨가 조금 전 나와 세미가 나눈 대화에 대해 묻고, 나는 세미가 잘 때 이불을 안 덮고 자는지, 배탈이 나지는 않는지 묻는다. 절대 덮지 않겠다고 하기 때문에, 깊이 잠들면 배에 덮어줘요. 은영 씨가 말하고, 그 사실을 까맣게 모르는 세미가 너무 귀엽고, 그 아이가 깊이 잠들었다는 사실이 너무 좋고, 그래서 내가 웃을 때, 매미 울음소리가 별안간 커졌다가 고요해진다. 은영 씨는 내게 잡채가 상할지 모르니 냉장고에 넣어두자고 말한다. 나는 그렇게 하고, 은영 씨와 술을 두 잔씩 마시고 나자 선용이 가게 문을 밀고 들어온다.

　　열흘 만에 돌아온 선용은 캐리어를 입구에 두고 짜오 수인, 짜오 은영이라고

말한다. 은영 씨와 내가 신짜오, 신짜오라고
말한다. 나는 선용에게 손을 씻고 오라고
말하고 선용은 그렇게 한다. 그리고 우리
같은 사이에서는 짜오라고 한 다음 이름이나
호칭을 붙여주는 거라고 알려준다. 은영
씨와 나는 알겠다고 한다. 선용은 곧바로
베트남에서 사 온 선물들을 풀어놓는다.

　깜언.

　신짜오와 깜언. 이렇게 두 마디만 아는
은영 씨와 내가 베트남어로 말하고 선용은
먹을 것들과 크로스로 멜 수 있는 작은
가방들을 보여준다. 전부 손으로 만든 거라는
가방들은 조금씩 달라, 아주 똑같은 디자인은
없다. 아버지 것만 못 샀다고 말하자 은영
씨가 크게 웃는다. 선용은 우리에게 못 하이
바 요,라는 말을 알려준다. 우리 셋은 못 하이
바 요!라고 외친 뒤 잔을 부딪치고 선용은

무생채를 크게 집어 먹는다.

베트남에는 서기장이라고 있거든요.

서기장이요?

네. 잘은 모르지만, 아무튼 가 있는 동안 그 서기장이란 분이 별세를 하셨어요.

그랬어요?

아무래도 베트남 회사 분들 만나고 하니까 그때는 분위기상 검은 옷을 입었지요.

챙겨 가길 잘했네요.

첫날엔 아끼는 시계를 대리석 바닥에 떨어뜨리는 바람에 완전히 박살을 냈고요.

저런. 새 시계를 사셔야겠네요.

은영 씨의 반응은 늘 나보다 조금씩 빠르다. 나는 선용과 은영 씨의 대화를 듣는 것을 좋아한다. 큰 소리 나는 법 없이, 담백한 목소리가 오간다. 베트남 이야기는 은영 씨의 전남편과 세미가 2주마다 만나는, 내일

있을 면접교섭에 관한 이야기로 넘어가고,
워터파크에 가기로 했다는 소식을 듣는다.
은영 씨는 사실 자기도 함께 가고 싶다고
말한다. 어려운 건가요? 내가 묻고 은영 씨는
그렇다고 대답한다.

　　그 이야기는 다시 나와 선용의 결혼으로
이어진다. 선용이 베트남에 다녀오고
가을쯤엔 혼인신고를 하기로 했다. 우리는
혼인신고를 하지 않고 4년째 함께 살고
있었다. 식장에서 하는 식은 하지 않기로
했고, 대신 장마가 끝나면 아무래도
가족들끼리 식사 정도는 하는 것이 좋겠다는
얘기를 했었다. 은영 씨는 내게 혼인신고를
앞두고 생긴 걱정거리는 없는지, 요즘 기분은
어떤지를 묻는다. 나는 어머니에게 연락을
해야 할지 모르겠다고 말한다. 선용의
가족들이라면 전에도 자주 식사를 하곤 해서

다른 걱정은 없고, 그냥 결혼식을 대신하는 자리에 어머니 없이 나가는 것도 이상한 것 같고, 3년 동안 서로를 찾지 않았으니 갑자기 연락을 하기엔 겁이 난다고 말한다. 이렇게 되어버린 상황이 싫다고 말한다.

선용은 내게 베트남에서 생각해봤는데, 굳이 인사 자리를 만들 필요는 없을 것 같다며 무리하지 말자고 말한다. 다들 그런다는 이유로 괜히 스트레스를 받을 필요는 없다고, 자기를 너무 생각하지 않아도 된다고 말한다. 가족들이 만나자고 해오면 어떤 핑계를 만들겠다고 말한다. 자기가 이유가 되면 가족들이 이해해줄 거라고 말한다. 나는 그런 선용이 고마우면서도 굳이, 괜히, 무리, 핑계와 같은 단어들이 마음속에 남아 머무르는 것을 피할 수 없게 된다.

은영 씨는 둘이 사는 게 결혼이라지만

수인 씨가 혼자 나가더라도 그런 자리를 한
번은 가지는 게 좋겠다고 선용에게 말한다.
다만, 그런 자리에 혼자 나가면 역시 아무렇지
않을 수는 없을 것 같다고 말한다. 그게 뭐
어떠냐는 말도 틀린 것은 아니지만 막상 그게
진짜 자기 얘기가 되면 그런 순간에 혼자 나가
밥을 먹고 인사를 나누는 것이 아무튼 그렇게
쉽지만은 않다고, 정말로 아무렇지 않을
수는 없다고, 수인 씨가 말을 안 해서 그렇지
걱정이 많을 거라고 말한다. 하지만 어쨌든 그
시간을 보내야 할 것 같다고 말한다.

　　너무 끼어들었죠. 미안해요.

　　아니에요. 이런저런 얘길 들어보고도
싶어요.

　　나와 조금 다른 이야기를 하든 같은
이야기를 하든, 은영 씨는 내가 가장 좋아하는
사람이고, 나는 은영 씨의 이야기를 잠자코

듣는다. 선용은 내 쪽에 자신과 동생이 앉고 맞은편에 부모님과 누나가 앉으면 셋씩 자리가 괜찮을 것 같다고 거든다. 그런 다음엔 은영 씨와 함께 그런 자리에 하나뿐인 가족인 내 어머니가 참석하지 않는 것에 대해 선용의 가족들에게 어떻게 말하면 좋을지 의견을 주고받는다. 아버지는 제가 어릴 적에 집을 나가셨고 어머니와는 3년 전에 절연을 했습니다. 형제는 없고요. 나는 거짓말을 할 생각은 없지만 이 사실들을 조금 완곡하게 표현하고 싶다. 있는 그대로 말했다가 나를 싫어하실까 봐 걱정이 된다.

나는 선용과 은영 씨의 이런저런 의견에 대답을 한 것도 아니고, 안 한 것도 아닌 것처럼 고개를 끄덕이면서 술을 마시고 편육을 집어 먹는다. 편육에서 이상한 맛이 난다. 예전으로 돌아간 것 같다는 생각에 조금

헛웃음이 나려는 것을 참는다. 마지막인 줄
몰랐던 어머니와의 마지막 만남에서 어머니가
내 목을 조르며 했던 말을 떠올리자 겨우
헛웃음이 멈춘다.

저희 엄마랑 가시는 건 이상할까요.

은영 씨가 덧붙이는 말에는 어찌할 바를
모르겠다. 최근 1~2년쯤은 전에 비해 나쁘지
않게 지내왔다고 믿어왔고, 몇몇 순간에는
마침내 해방이라는 기분까지 들기도 했다.
어머니와 나의 관계를 있는 그대로 인정하고,
여러 개의 혼란스러운 마음에서 힘을 빼고,
비로소 조금씩 편안해지고 있다고.

조금 닮긴 했어요. 그쵸?

나는 농담을 해버린다. 선용의 가족들에게
사실대로 말하고 싶지도 않고, 거짓말을
하고 싶지도 않은 걸 보면 여전히 속으로
어머니를 원하고 있었음을 알 것 같다. 그런

자리에 혼자 나가기 싫어서가 아니라 여전히 어머니와 삶의 순간들을 주고받고 싶은 마음이 남아 있다는 것을. 나는 이런 식으로 작동하는 내 방식에 인이 박혀 있다. 갑자기 휘몰아치는 생각과 감정 들에게 자리를 내주기 위해 잠시 젓가락을 내려놓는다.

잠깐 화장실 좀 다녀올게요.

나는 화장실로 가 거울을 본다. 선용의 가족들과 함께 무언가를 먹으면서 웃는 내 모습을 상상한다. 선용의 부모님과 누나와 남동생의 표정을 상상한다. 나는 그들 앞에서 원래의 나보다 좋은 사람인 척 굴 것 같지만 그 모습이 거짓은 아닐 것 같다. 그들은 늘 내게 다정하게 대해주고 나는 그 마음에 보답을 하고 싶다.

6년 전, 선용의 부모님과 처음 보던 날이었다. 그들은 내 손을 잡으며 선용과

오랫동안 잘 지내주어서 고맙다고 말했고,
내가 사 간 작은 꽃다발과 생크림 케이크를
받을 때는 자신들에게 돈을 많이 쓰지 말라며
편히 와서 편히 있다가 편히 가기만 하면
된다고 말했었다. 그 뒤로는 선용의 누나와
남동생이 "편히 앉기만 하면 돼, 엄마?", "편히
먹기만 하면 돼, 아빠?" 하면서 자꾸만 '편히',
'편히' 하는 바람에 모두가 웃곤 했는데,
나중에는 식사를 마치고 하나둘 자리에서
일어나던 순간 내가 "편히 가기만 하면 돼,
엄마?"라고 하는 바람에 거의 웃지 않던
선용의 아버지까지 후식으로 나온 매실차를
뿜어가며 웃었던 기억이 난다. 나도 그
순간만큼은 내가 가진 모든 걱정을 잊고
선용과 함께 실컷 웃었다. 선용의 아버지를
웃겼다는 사실이 너무 좋아서, 선용의
아버지가 웃어주었다는 사실이 너무 좋아서

눈물이 나왔다. 그걸 제어하기가 어려워 웃느라 울게 된 척을 하면서 그냥 울었다.

나와 내 어머니의 주된 대화 내용은 나나 주변 사람들, 혹은 모르는 사람들을 깎아내리는 것이었다. 꼭 연예인이 아니더라도 텔레비전에 등장하거나 건너 건너 이름만 아는, 사실상 모르는 사람들도 예외는 아니었다. 식사 시간에도 늘 누군가를 비난하며 밥을 먹곤 했다. 나는 서른이 다 되어서야 그런 순간들을 인지했다. 어릴 때의 나는 그 이야기들을 재미있어했다.

선용을 만나고, 선용과 싸우고, 선용과 화해하고, 선용의 가족들과 함께하는 시간이 늘어나면서 내 어머니와 나의 대화가 이상하다는 생각을 하기 시작했다. 어머니를 만나고 돌아온 날엔 거의 매번 마음이 불편했고, 며칠 동안 이상하다, 이상하다,라는 생각의 언저리를 맴돌곤 했다. 하지만 얼마간의 시간이 지나면 또 어머니를 만나 함께 시간을 보냈다. 현금으로 가져오면 네가 생색을 내는 것 같으니까 이제 그냥 입금만 해. 생색은 무슨. 얼굴 볼 겸 뽑아 온 거야. 입금을 하고 오라고. 알았어. 매달 입금을 한 날에는 어머니와 함께 밥을 먹고 이야기를 나누고 웃고 맞장구를 치다 돌아왔지만 만남의 간격은 조금씩 늘어나고 있었다.

그러던 어느 날 문득, 어머니의 속내를 들여다본 것 같았던 순간이 있었다. 요즘에는 식당을 이렇게 아무나 한다니까. 응? 이 돈 주고 이걸 좋다고 사 먹으니까 계속 이러는 거지. 하나같이 전부 바보들인 거야. 난 맛있는데…… 입맛에 안 맞아? 너는 이게 맛있니? 나는 더 이상 맞장구를 쳐주고 싶지가 않았다. 신이 난 듯한 어머니의 표정이 무척 불행해 보였기 때문이었다.

엄마, 왜 그러고 살아? 그날 나는 나도 모르게 얼굴을 구겨버렸고, 그러자 얼굴로 국그릇이 날아왔다.

　　속이 아팠던 것도 아닌데 그동안 왜 그토록 자주 먹은 밥을 토해냈었는지, 라면을 좋아하지 않는데도 왜 자꾸 밥 대신 부순 생라면을 몰래 녹여 먹었는지, 나는 그날 이유를 알 것 같았다. 그러다 들켰던 날 나를 잠들지 못하게 했던 감정의 실체가 바로 수치심이었다는 것도. 그동안 나는 걱정으로 시작했다가 저주로 끝나는 어머니의 화법과 누군가를 무시하고 조롱하는 법을 열심히 배웠고, 누군가 나를 떠나갈 때마다 어머니와 비슷한 얼굴로 어머니와 비슷한 언어를 쓰곤 했다. 속으론 무척이나 상대방을 원하면서도 겉으로는 되레 사람을 가볍게 취급했다. 그럴 줄 알았다면서. 그동안 많이 참아왔다면서.
걘 그래서 안된다면서. 걜 이렇게 생각하는
건 나밖에 없다면서. 그 끝에 결국 남는 것이
어떤 것들인지 알면서도, 나는 한동안 그것을
멈추지 못했다.

어머니의 말들이 나를 너무 힘들게
한다는 생각이 든 뒤부터 나는 가끔 누군가를
속으로 무시하거나 조롱하고 싶을 때마다
찾아오는 절망감과 싸워야 했다. 그렇다고
내가 무조건 옳다거나 누군가를 조금도
욕하지 않고 무결할 수 있던 사람이었다거나
사람을 미워한 모든 이유를 어머니 탓으로
돌리려는 건 아니다. 너무나도 갑자기, 좋지
않은 방식으로 심한 말을 내뱉었다는 것도
인정한다. 그저, 내가 아는 사람 중에서 그걸
가장 잘하는 사람이 내 어머니라는 사실,
너무 오랫동안 내가 그런 이야기들을 함께

하며 즐거워했다는 사실이 슬플 뿐이다.
그런데도 나는 왜 그토록 오랫동안 어머니를
사랑했을까. 왜 사랑하고, 왜 닮고 싶어
했을까. 그때는 그게 내 진심이었을까.

　　손을 씻고 화장실에서 나온다. 센서 등이
켜지고, 계단을 천천히 내려온다. 어머니와
함께 나간 자리에서 점점 곤란해지는 나를
상상한다. 계속해서 선용의 가족들에게
이상한 말을 내뱉고 그들과 나를 깎아내리는
어머니를 상상한다. 건물 현관 앞에서 센서
등이 꺼진다. 그 자리에 혼자 나간 나를
상상한다. 하나뿐인 가족인 어머니를 부르지
않게 된 사정을 설명하고 이해를 구하는 나를
상상한다. 내 상황을 이해하지 못하는 나와
이해해주는 선용의 가족들을 상상한다.

3

너무 오랜만이에요. 그동안 어떻게
지냈어요?

그냥, 좋지도 나쁘지도 않게 지냈어요.

나는 선생님에게 웃어 보인다. 그러면서
이것이야말로 내가 늘 바라던 거라고
덧붙인다. 슬픔이 0이 된 것은 아니지만 지난
구정 때도 크게 슬프지 않았고 가족 간의
사랑을 주제로 한 다큐멘터리를 볼 때도
그들의 이야기에 몰입할 수 있었다고 말이다.
아끼는 양말 한 짝을 잃어버렸지만 며칠
뒤에 친구에게 보라색 양말을 선물 받았다고
말한다. 그걸 미리 알고 있기라도 한 듯, 양말
한 짝을 잃어버렸을 때도 아무렇지 않았다고
말한다.

양말 한 짝 잃어버리는 거, 원래 다들

아무렇지 않아 하는 거잖아요?

그럴 수도 있고요, 그런 작은 일들이 때론
더 짜증이 날 수도 있고요.

나는 누군가와의 관계랄지 내가 사는 집,
어제 먹은 음식이나 새로 산 원피스 같은 것도
대부분 좋지도 나쁘지도 않게 느껴진다고
말한다. 나쁘지 않다면 다 된 거라는 식으로
말한다. 선생님은 고개를 끄덕이고, 순간
나는 무언가 틀린 말을 한 것 같은 기분에
사로잡힌다. 그러나 선생님의 표정은 나쁘지
않고 우리는 다시 이런저런 이야기를 나눈다.
정해진 시간이 거의 다 되어갈 무렵 선생님은
내게 10년 후의 미래에 대해 얘기해보자고
말한다.

갑자기요?

편히 생각해보셔도 돼요.

몇 개월 후라면 몰라도 10년 후까지는

잘…….

천천히 더 생각해보셔도 돼요.

나는 네 번째 손가락에 낀 물고기 반지를 만지작거리며 천천히 생각해보려 노력한다. 그동안 10년 후는커녕 1년 후의 미래도 그려본 적이 없어 쉽지 않다. 나의 미래보다는 정해진 시간이 거의 다 되었다는 사실에 더 신경이 쓰인다. 집중이 전혀 되질 않는다. 그렇다고 시간이 다 되었으니 가겠다고 말하기도 어렵다. 선생님이 지금 시간을 모를 리 없고 이미 오늘 내게 별다른 약속이 없다는 것을 알고 있다. 시간이 다 되었다고 말하면 아무래도 괜찮다고 말할 것 같다. 시간이 더 있다고 해서 되는 문제가 아니라는 걸 나는 질문을 듣자마자 알 수 있었는데……. 하지만 선생님은 내게 시간을 주고 싶어 한다. 나는 그게 얼마나 크고 깊은 마음인지 알고 있다.

그 마음을 받고 싶다.

혹시 시간을 얼마나 더 주실 수 있으세요?

얼마든지요. 편히 생각해보셔도 돼요.

그렇게 30분쯤이 흐르고 내 머릿속은
뿌옇다. 나는 도저히 10년 후의 미래를
떠올릴 수 없다. 호의가 부담스럽거나 마음이
불편해서 가고 싶은 것이 아니라 정말이지
미래를 떠올리기가 어렵다. 대답이 가능할
것 같은 몇 개월 후의 미래도, 사실상 결정된
일일 뿐 내가 지금 여기서 상상한 장면은
아니란 것도 깨닫는다.

저, 하루 이틀은 생각을 해봐야 할 것
같은데요.

용기를 내서 말한다. 그러자 선생님은
내게 시간이 초과된 것은 정말 괜찮다면서
계속 충분히 생각해보라고 말한다.

시간이 좀 지난 것이 불편하신가요. 결국

선생님이 내게 묻고

　　아니요, 오히려 너무 감사해요. 내가
대답한다.

　　선생님은 내가 진심이란 것을 알고 있을
것 같다. 내게 그저 어느 한 장면이어도
좋다고 말한다. 그제야 나는 어느 한 장면을
떠올린다. 너무 일상적이고 사소해서 말을
해도 될지 조금 망설여진다.

　　그때는…… 친구들과 야외에서 약간의
술을 마시며 웃고 있어요.

　　그러자 선생님이 그곳은 어디인지,
그 친구들은 누구인지 궁금해한다. 나는
그것까진 정말 모르겠다고 하다가, 서울은
아닐 것 같고 그 친구들은 그때의 나와 가장
가까운 친구들일 것 같다고 말한다.

　　그 장면이 실제로 이루어지려면 어떻게
하면 될 것 같으세요?

선생님이 묻고, 나는 지금처럼 살면 될 것 같다고 대답한다.

지금처럼요?

네.

지금처럼이라면, 구체적으로 어떤 뜻일까요?

구체적으로요?

나는 또다시 생각에 빠져든다. 나는 지금처럼이라고 말해놓고, 지금처럼의 의미를 설명하지 못하고 있다. 지금처럼…… 그냥 사이좋게…… 결국 나는 잘 모르겠다고 답한다. 꼭 다시 생각해보겠다고 말한다. 선생님은 이제 더 묻지 않고 알겠다고 말한다.

선생님과 헤어지고 건물 계단을 내려오다가 마지막 계단에서 발을 헛디딘다. 발목을 살짝 접질린 것 같다. 그 자리에 서서 샌들 끈을 풀고 발목이 괜찮은지 살펴본다.

본다고 보이는 것도 아니지만 꽤 열심히
살펴본다. 좋지도 나쁘지도 않다는 건 조금만
중심을 잃으면 얼마든지 그 즉시 나쁜 쪽으로
가버리는 것도 가능할 것 같다.

4

나는 해수에게 연락한다.

[너는 10년 후의 미래 뭐라고 말했어?]

[나 아이랑 같이 세계여행을 하고 있다고
했지. 선생님 만났구나?]

[응, 덕분에.]

[잘했어.]

[미래 물어볼 때, 넌 바로 대답했어?]

[응.]

[10년 후가 바로 떠올랐어?]

[응. 왜?]

[지금 아이가 없는데도?]

[어차피 상상이잖아.]

해수와는 곧 만나기로 하고 대화를
종료한다. 메시지를 주고받다가 버스를 놓칠
뻔한다. 서둘러 올라탄 버스에서는 라디오가
나오고 있다. 전날 제가 위로한다고 해서
위로가 될까요,라고 말씀드렸었는데요.
미안합니다. 그래도 위로를 했어야 했어요.
상대방에게 위로가 될 수도 있는 건데 제가
제멋대로 생각해버린 거지요. 그럼 어제의
청취자분께 사과의 마음을 담아 제 나름의
위로를 해보겠습니다. 디제이의 목소리가
버스 안에 잔잔히 흐를 때 버스는 부지런히
혜화역을 지난다.

다음 정류장에서 정차한 버스는 승객들을
태우고 출발하자마자 다시 멈춰선다. 왜 다시
출발하지 않는지, 나를 비롯한 열 명 정도의

승객들은 영문을 모른 채 그대로 자리에 앉아
있다. 그러다 앞문이 열리고 버스에 올라선
오토바이 운전자와 버스 기사의 대화를
듣고서야 둘 사이에 약간의 접촉이 있었으며
시시비비를 가려야 한다는 것을 알게 된다.

금방 출발할 것 같긴 한데, 혹시 모르니까
내리실 분은 내리세요.

기사가 말한다. 나는 망설이다가 가장
마지막으로 버스에서 내린다. 버스에는
할머니 한 분만이 남아 있다.

중앙 차로에서 다른 노선의 버스로
갈아타고 광화문에서 내려 다음 버스를
기다린다. 집으로 가는 버스 노선은
하나뿐이라 접촉 사고로 내려야 했던
버스와 같은 번호를 타야 한다. 나는 한참
동안 버스를 기다리면서 10년 후의 미래를
상상한다. 그리고 버스에 올라타서야 나는 그

버스가 아까 사고가 났던 버스와 같은 버스란 것을 알게 된다. 마지막까지 내리지 않았던 할머니가 나와 눈을 마주치며 웃는다.

집까지 가는 동안에도 나는 정성을 들여 10년 후의 미래에 대해 생각한다. 해수는 곧바로 미래를 그렸다는데, 나는 상상뿐인데도 왜인지 잘 되지 않는다. 만약 선용이나 은영 씨가 10년 후 미래를 그리는 것이 어렵다고 하면, 나는 그냥 그러냐고 할 것 같다. 그럴 수 있을 거라고 생각할 것 같다. 하지만 나는 그게 나라는 것은 싫은 것 같다.

오래 생각해서 되는 문제가 아닐 것 같다는 예감에 한낮의 절망이 찾아온다. 이 자체가 큰 문제는 아닌데도, 이 작은 문제가 3년 전 그날을 먼저 불러온다는 점에서 절망한 것 같다. 절망은 문 앞에서 기다리고 있던 사람처럼 재빨리 문을 열고 들어온다.

너무 오랜만이라면서 그동안 왜 나를 찾지
않았느냐고, 이제 내가 싫어진 거냐고
물으면서 엉겨 붙는다. 그럼 나는 싫어진 것은
아니라고 대답한다. 문득 태풍이 온다기에
일부러 창문을 열어두고 출근했는데 비가
내리지 않았던 어느 여름날을 떠올린다.
그때의 나는 내 방과 내 몸과 내 마음을
엉망으로 만들고 싶어 했다.

그때 선용의 어머니로부터 메시지가
온다. [잘 지내고 있지? 너랑 어머니 편한
날로 잡자. 우린 언제든 괜찮아. 편히 해.] 이
메시지를 읽자, 얼마간 잊고 있었던 어머니를
다시 떠올리게 된다. 어머니는 일상의 평범한
순간에 대단히 명확한 상으로 내 앞에 나타나
내게 긴 말들을 늘어놓는다. 내게 결혼이
얼마나 나쁜 것인지, 내 아버지와 그 집
식구들이 얼마나 인간 말종이었는지에 대해

종일 떠드는데, 어머니의 말들은 내가 결혼을
하지 않겠다고 말할 때까지 계속된다. 결국은
불행한 미래가 날 기다리고 있을 거라고
말한다. 아니, 엄마. 아닐 수도 있어. 나는
내가 뭘 원하는지 알아. 그러면 어머니는
꼭 내가 망하길 바라는 것처럼 안쓰러운
눈빛으로 그런 건 노력해서 되는 게 아니라고,
널 위해서 하는 말이라고 말한다. 결국 다시
이곳으로 되돌아오더라도 저 멀리까지
갔다 오고 싶어. 나를 막지 마. 내 목소리는
어머니의 목소리에 묻히고, 나는 어머니의
눈빛과 말의 내용 중에 어느 것이 진짜인지
가늠하려 애쓴다. 아니, 엄마. 선생님은
좋은 말을 많이 해줘. 그럼 나는 편안해져.
넌 아니라는 말 좀 안 할 수 없어? 너는
그 사기꾼을 믿는구나. 돈 받고 그런 말을
누가 못 하니. 지는 지 미래를 알고 떠든대?

나는 그런 놈들이 너무너무 웃겨. 어머니는
선생님을 조롱하면서 무식한 사기꾼 취급을
한다. 엄마 말이 내 생각과 다를 때만 내가
아니라고 하는 거야. 내 말이 틀렸다고?
어머니는 곧바로 정색을 하며 내 뺨을 때린다.
나는 괴로움에 터져 나오려는 울음을 참는다.
맞아서가 다가 아닌 내 괴로움의 모든 것.
그러면 어머니는 이것 좀 보라면서, 이렇게
나약한 네가 무슨 미래를 그리느냐고 묻는다.
남한테 피해 주지 말고 조용히 살라고
경고한다. 상상 속의 어린 내가 작은 목소리로
어머니에게 묻는다. 대체 내가 누구에게 어떤
피해를 주었느냐고.

　　나는 또다시 그 구렁텅이에 빠지고 싶지
않다. 상상을 한 것만으로도 나는 나에게
미안하다. 나는 왜 나에게 못되게 굴까. 나쁜
기억들을 불러오고 자책하는 일을 멈추기로

한다. 내 방과 내 몸과 내 마음을 엉망으로
만듦으로써 내가 사랑하는 사람들까지
엉망으로 만들 가능성이 있는 생각들을
멈추기로 한다. 나는 주위를 둘러보다가 버스
맨 앞자리에 탄 할머니의 뒷모습에 시선을
고정한다. 할머니가 갑자기 뒤를 돌아보며
웃는 바람에 나는 깜짝 놀란다.

5

저녁으로 먹을 버섯 피자를 주문한다.
피자가 올 동안 선용과 나는 집안 살림을
돌본다. 선용은 바닥을 닦고 나는 빨랫감들을
구분하여 세탁기에 넣는다. 설거지는 언제
해두었대? 주방 쪽을 닦던 선용이 묻고 나는
오후에 잠깐 자다 깨서 했다고 대답한다. 제때
자고 제때 먹으라니까. 선용이 말한다. 갑자기

온몸에 열이 오르는 것 같다. 종일 에어컨을
틀어두었는데도 청소를 하는 동안 몸을
써서인지 실내 온도를 더 낮추고 싶어진다.
정말 너무할 정도로 덥다고 혼잣말을 하고,
일단 대충 씻고 피자부터 먹자고 선용에게
이야기한다. 대충 씻고 피자 먹고 다시 열심히
씻고? 선용이 말꼬리를 잡으며 나를 놀린다.
내가 생각해도 이상한 말을 한 것 같아 선용을
따라 웃는다.

초인종이 울린다.

피자가 벌써 왔나?

우린 아직 대충 씻지 않았는데? 대충 씻고
먹기로 했는데?

선용의 등을 찰싹 때리고 나는 현관으로
나간다. 피자가 아니다. 현관 앞에 낯선
여자가 하얀 개 한 마리를 안고 있다. 조금
낯선 냄새가 난다. 개에게서 나는 것 같다.

나는 여자에게 누구세요,라고 묻는다. 여자는
내게 안녕하세요,라고 인사한다. 여자의
눈빛에 나는 왜인지 안녕하지 못한 기분이
된다. 약간의 침묵이 흐르고 선용이 현관으로
와서야 여자가 누구인지를 알게 된다.

　개를 데리고 들어가도 될까요.

　들어오세요.

　우리는 여자를 식탁으로 안내하고 물 한
잔을 준다.

　여기 사는 건…… 현아한테 들었어. 갑자기
찾아와서 미안해.

　괜찮아.

　본론만 말할게. 애를 잠깐 맡아줬으면 해.

　선용은 하얀 개를 바라본다. 여자는
캐나다에 갔다가 두 달 후에 돌아온다고
말한다. 그때까지만 개를 돌봐달라고
말한 뒤에 그때는 네가 다 키우겠다고

하지 않았냐고, 너도 책임이 있지 않냐고
묻는다. 선용이 아무 말 하지 않자 천천한
말투로 말한다. 너도 책임이 있어. 선용이
천천히 고개를 끄덕일 때, 초인종이 울린다.
우리는 모두 움직이지 않고, 초인종이 다시
울리고서야 내가 일어난다. 피자를 받아 온다.
조리대에 피자를 올려두고 다시 식탁으로
돌아와 앉는다. 작은 주방에 피자 냄새가
퍼진다.

아, 이렇게까지 말할 필요 없었는데……
미안해. 부탁할게. 부탁하러 왔어.

작아진 목소리로 여자가 말한다. 여자는
한 번도 나를 바라보지 않고 선용을 향해 개의
상태에 대해 이야기하기 시작한다. 그리고
출력한 A4 용지 묶음을 건넨다.

혹시 몰라서 자세히 적어뒀어.

여자는 안고 있던 개를 이동 가방에

넣어준다. 금방 올게. 기다릴 수 있지?

그리고 여자는 우리에겐 들리지 않게 개에게
귓속말을 하고, 개를 쓰다듬더니 무슨 일이
생기면 꼭 연락을 달라고 말하면서 식탁 위에
명함 한 장을 올려두고 자리에서 일어난다.
잘 부탁할게. 여자가 반복해서 말하고, 선용은
여자를 따라 일어난다. 나는 개와 여자와
선용을 번갈아 바라보기만 한다. 여자의
모습이 먼저 사라지고 선용이 여자를 따라
내려간다. 개는 이동 가방 안에서 멀뚱히
허공을 바라본다. 잠시 후 선용은 커다란
상자를 들고 나타난다. 더 있어? 내가 묻자
선용이 고개를 끄덕인다. 우리는 함께 1층으로
내려간다. 상자를 하나씩 들고 집으로
올라온다. 선용이 다시 내려간 틈에 나는 상자
하나를 연다. 개에게 필요한 물건들이 들어
있다. 그새 땀으로 범벅이 된 선용이 현관에

상자와 개들이 타는 유아차를 세워두고 나를
보고 서서 아무 말을 하지 않는다.

일단 세수를 좀 하고 와.

내 생각뿐일지 모르겠지만 왜인지 선용이
죄를 지은 표정을 짓는다. 아무튼 나는 선용이
욕실에 들어간 사이 피자를 식탁 위로 옮기고
냉장고에서 캔 콜라를 꺼내 컵에 따른다.

이름 알아?

수건으로 얼굴을 닦는 선용에게 묻는다.
선용이 멍한 표정으로 앵두라고 대답한다.

6

나는 이동 가방 안에서 앵두를 꺼낸다.
앵두는 비틀거리며 구석으로 간다. 나는
상자에서 앵두의 집을 꺼내 이리저리 모양을
잡아준다.

어릴 때도 집엔 잘 안 들어갔어.

선용이 말한다. 선용은 이불을 가져다
펼쳐준다. 나는 애착 방석으로 보이는 아주
낡은 방석을 꺼내 이불 위에 놓는다. 앵두는
방석 위에서 한참을 뱅글뱅글 돌더니 자리를
잡고 눕는다.

선용과 나는 피자 두 조각을 말없이 먹고
여자가 두고 간 A4 용지를 천천히 읽는다.
1쪽엔 전체적인 몸 상태에 대한 설명이 쓰여
있고 2쪽엔 아침과 점심에 해야 할 일들이
쓰여 있고 3쪽엔 저녁을 먹인 뒤 해야 할
일들이 쓰여 있다. 저녁 후엔 몇 가지 약을
먹여야 하고 대소변을 볼 수 있게 도와야
한다고 한다. 〈밥을 먹을 때나 약을 먹을 때,
대소변을 볼 때 잘한다, 잘한다(혹은 잘했다,
잘했다)라고 늘 말해주곤 했어. 꼭 그래야
하는 건 아닌데 그냥 그렇게 말해주곤 했어〉,

〈피부병이 있어서 털이 없지만 전염이 되는
것은 아니야. 수포나 딱지도 마찬가지야〉,
〈다리 두 개가 탈구되었고 백내장과 귓병이
있지만 노령이라 더 이상은 방법이 없대〉,
〈신장하고 심장 때문에 다니는 병원은
너희 집에서 15분 거리야, 가까워. 거기
24시고……〉, 〈병원에 갈 일이 생기게 되면
돈이 꽤 들 거야. 연락해〉……. 그 외에도
약을 먹이는 방법과 어떠한 증상이 나타나면
어떻게 하면 되는지, 또 어떠한 증상이
나타나면 그땐 바로 병원에 가라는 안내가
쓰여 있다. 먼저 밥과 약을 먹이고 이어서
읽기로 한다. 선용이 습식 사료를 찾아 먹이고
물을 먹을 수 있게 돕고 약을 찾아 먹인다.
다행히 앵두는 평온해 보이고, 좀 커 보이는
약마저도 잘 받아먹는다.

　　잘한다, 잘한다,라고 말해주곤 했다고

되어 있었어. 내가 말하자

어, 잘했다, 앵두야. 너무 잘했다. 선용이
말한다. 그리고 선용은 현관 앞에 쌓인 앵두의
짐들을 바라본다.

수인아.

나는 선용이 어떤 말을 원하는지 알
것 같다. 사실 내게 선택지가 있는지도 잘
모르겠다. 나는 창고로 쓰던 작은방으로
들어가 정리를 시작한다. 선용의 큰집에서
보내준 쌀이며 감자, 두루마리 휴지와 달걀을
굽는 주방 기기, 다 먹고 씻어둔 김치 통, 잘
쓸 일이 없는 굵은소금이 가득 든 항아리 같은
것을 베란다로 옮긴다.

두 달이면 된다며.

어, 어.

앵두의 짐을 작은방에 들여놓고서
구석에서 잠든 앵두를 바라본다. 선용은 그런

나를 바라보다가 앞접시와 포크, 콜라를
담았던 컵을 씻는다. 그러는 동안 나는 방에
들어가 미리 낮은 토퍼를 깔아둔다. 매일
저녁을 먹고 움직이던 방식대로 각자 할 일을
한다. 그사이 앵두는 어느새 비틀거리면서
토퍼를 향해 걷는다. 바닥이 미끄러워서인지
두 번 바닥을 나뒹굴었지만 내가 일으켜
세워주기도 전에 재빨리 일어나 다시 걷는다.
걷는다기보다는 미끄러지듯 몸을 끌고 가는
모양새다. 4센티미터 높이의 토퍼 위로
절뚝이며 올라선다. 뱅글뱅글 돌며 한참
탐색을 한 뒤엔 아까처럼 자리를 잡는다. 씻고
나온 선용이 배변 패드를 토퍼 아래에 깐다.

　　내가 다 할게.

　　선용이 내 손을 잡고 말한다. 현실적으로
그럴 가능성이 없다는 것을 알고 있다. 그럴
정도의 마음이라는 뜻이라고, 나는 이해한다.

선용은 아침 7시에는 집을 나서는 회사원이고
나는 집에서 일하는 프리랜서니까.
무엇보다 하루 세 번 갖가지 약을 챙겨
먹어야 하는 앵두는 아무런 죄가 없으니까.
하지만 그렇다고 해도 기분이 좋은 것은
아니었으므로 나는 선용의 손을 빼내고 눈을
감는다. 어차피 내가 하게 될걸. 그냥 그렇게
말해버린다. 그리고 한참 후에 선용과 앵두의
숨소리가 규칙적으로 변해갈 때쯤 자리에서
일어나 거실로 나온다. 여자가 두고 간
페이퍼를 다시 읽는다. 앵두의 상태와 정확한
병명, 약에 대한 설명, 매일 해야 할 것들을
써둔 페이지가 넘어간 뒤부터는 편지였다.
아니, 여자의 어머니와 앵두의 이야기였다.

　　너와 헤어지고 캐나다로 떠나면서 나는
앵두를 엄마한테 맡겼어. 엄마는 한 번도 개를

키워본 적이 없었지만 그때는 그럴 수밖에 없었어. 그리고 돌아왔을 때 앵두는 엄마의 전부가 되어 있었고 이미 아픈 상태였지. 내가 너무 늦었던 거야. 곧바로 엄마 집으로 들어가 함께 앵두를 보살폈어. 부끄럽게도 내가 한 일은 많지 않았지만.

엄마는 매일 새벽 5시에 일어나 앵두가 살아 있는지부터 살폈어. 그리고 살아 있는 것을 확인하면 이야, 숨을 쉰다. 우리 하루 더 살았다, 하면서 앵두에게 뽀뽀를 하고 자리에서 일어났지. 자기 전 통증이 있던 곳에 붙여두었던 파스를 떼어내면 공복에 먹어야 하는 약을 먹었고 아침은 주로 간단히 누룽지를 끓여 먹었는데 그마저도 거르는 날이 많았어. 점심으로 먹을 밥을 데워 김이나 멸치, 나물 같은 것으로 도시락을 싼 뒤에는 고구마나 사과 같은 간식을 넣은 가방을

준비했지. 앵두는 엄마가 출근 준비를 하는
동안 제 자리에 누워 탁한 눈으로 분주히
움직이는 엄마를 바라보다 까무룩 눈을 감곤
했어.

엄마는 준비를 마친 뒤에 앵두를 깨워
밥과 약을 먹였어. 일을 가야 하니까 이렇게
자는 것을 깨울 수밖에 없으니 얼마나
미안한지. 이제 네가 와서 다행이다. 잘 보고
배워둬. 엄마는 그렇게 말하며 밥과 약을 먹인
뒤에는 눈에 안약을 넣고 귀를 소독해주었어.
그즈음의 앵두는 스스로 서지도 못하는
상태였기 때문에 엄마는 앵두를 안아서 그
모든 과정을 거친 뒤에 대소변을 볼 수 있게
도왔어.

잘한다, 잘한다.

엄마는 늘 앵두에게 그렇게 말했어.
잘한다, 잘한다 아니면 잘했다, 잘했다. 나는

그런 말을 잘 못 들어본 것 같은데 앵두한테는
잘만 하더라고. 뭘 그렇게 잘했다는 거야?
물으면 살아 있으니까,라고 대답하곤 했지.

　　앵두가 처음 쓰러졌을 땐 입원을 받기
어려울 것 같다는 얘길 들었었대. 언제
떠날지 모르기 때문에, 그러니까 검사 결과를
봐서는 당장 오늘 밤에 떠날지도 모르는
수치이기 때문에 집에 데려가서 함께 있는
것이 나을지도 모른다고. 그때 엄마는 고민
끝에, 아니 고민할 시간도 많지 않았지만
그래도 입원을 시켜달라고 했대. 어느 쪽을
선택하든지 그건 또 그것대로 힘들었을
거라고 엄마는 말했어. 그날 앵두는 태어나
처음으로 엄마와 떨어져 신촌 병원에
입원했대. 그리고 거기서 할 수 있는 모든
치료를 받고 기적처럼 목숨을 건져 일주일
후에 다시 집으로 돌아온 거야.

비쩍 마른 앵두는 병원에 입원했을 때 링거를 꽂고 넥카라를 한 채로 힘없이 누워 있었는데, 엄마가 면회를 가면 일어나려 노력하며(못 일어났지만) 꼭 지금 좀 힘들긴 한데 살고야 말 거라고 말하는 것처럼 간절한 눈빛을 보내곤 했대. 그리고 하루하루가 지날수록 눈빛이 또렷해졌고 (여전히 서지는 못했지만) 마지막 날엔 (금세 쓰러졌지만) 잠깐 동안 반쯤 서서 엄마를 반겼대. 거기서는 진료 내용과 약 처방, 또 입원 중 앵두의 특징 같은 것을 써주곤 했었는데, 비싸도 한참 비싼 유동식을 잘 먹는다는 내용이 있어 엄마는 그게 슬프면서도 좋았대. 좋은 걸 아는 앵두가 좋아서. 살고 싶어 하는 앵두가 좋아서. 그 이후 앵두는 병약해졌다가 다시 나아지기를 반복했고, 엄마는 병원을 다니면서 앵두를 돌봤어. 비싸도 한참 비싼 유동식도 물론

사주었지. 그사이 나는 돈으로만 앵두를
돌보다가 마침내 귀국했어. 엄마는 어떤 일이
있어도 앵두를 돌보는 방식에서만큼은 늘
변함이 없었어. 나는 그런 엄마를 보는 것이
안쓰러우면서도 좋았어. 엄마는 내 기억
속의 엄마보다 훨씬 더 다정한 모습이었고
나는 속으로 그런 엄마를 아름답다고 느끼곤
했어. 그럴 때마다 아빠가 내게 주었던
다정함들을 떠올리기도 했지. 아름답다는
말을 대단하다는 말로 대신할 때마다 엄마는
"이렇게 힘든데도 살아 있으니 얼마나
대단하니" 대답하곤 했어. 아빠를 떠나보내고
나마저 떠난 후의 날들을 살게 한 것이 다름
아닌 앵두였다고.

　　출근 준비를 마친 엄마가 6시 10분에 집을
나서면 나는 앵두 근처에 누워 부족한 잠을
보충하곤 했어. 여전히 나는 늦게 자고 늦게

일어나는 편이어서 기상 시간을 앞당기는 데
적응하기 쉽지 않았지. 앵두 가까이에 있으면,
아니 사실은 엄마 집 문을 열면 바로 맡을 수
있는 특유의 냄새에 익숙해져 가면서 앵두
옆에서 잠을 자고 잠에서 깨고 밥을 먹고 일을
했지.

　　네가 엄마를 살게 했대. 나는 앵두에게
말했어.

　　앵두는 그런 존재였어. 나도 앵두를 살게
할 수 있을까. 빈혈 증상을 완화해주는 식간
약에서는 사과 향이 났어. 그 약을 먹이면
나는 그 약이 앵두의 몸에서 돌며 피를
만들어내는 세포인지 뭔지가 잠잠했다가
조금 기운을 내 움직이는 상상을 하곤 했지.
그 후엔 모든 것을 반복했어. 점심을 먹이고,
약들을 먹이고, 대소변을 돕고, 피하 수액을
놓고, 자리를 잡도록 돕고, 저녁을 먹이고,

약들을 먹이고, 배변을 돕고…….

　　엄마는 그동안 얼마나 힘들었을까.
속으로는 내가 좀 괘씸하지 않았을까. 그런
생각에 더 열심히 앵두를 돌보고 청소를
하고 엄마가 먹을 음식들을 만들었어.
엄마의 효자손을 보면서 그동안의 외로움을
가늠해보기도 했지. 가끔 서울로 미팅을
다녀오는 날에, 엄마는 앵두와 함께 자고 있곤
했어. 내가 들어와 씻는 소리를 내면 깨서 잘
갔다 왔느냐고 묻고, 다시 잠들지 못해 새벽
두세 시에 잠들곤 했어. 처음엔 나 때문에
수면 패턴이 엉망이 된 것은 아닌가 했지만
엄마 말로는 원래 그랬고, 오히려 내가 온
뒤로 더 푹 자게 되었다고도 했어.

　　그리고 그즈음의 앵두는 엄마나 내가
잡아서 세워준 뒤 손을 놓으면 2~3초 정도
버티기 시작했어. 나는 엄마와 함께 잘한다,

잘한다, 하며 기뻐했지. 그 후 어느 날 갑자기 다리가 한쪽씩 탈구되었지만 그래도 얼마 후에 비틀거리면서, 절룩거리면서 걸을 수 있게 되었어. 어떻게 된 건진 모르겠지만 아무튼 너무 다행스러운 일이었어. 다리의 이상이 발견된 날에는 곧바로 병원엘 갔는데 워낙 노견이라 수술이 어려울 거라는 말을 들었거든. 앵두, 3개월 뒤에 열여덟 살이 돼. 그래서, 그래서 나는 앵두를 더 보고 싶었어. 서울까지 대중교통으로 왕복 대여섯 시간이 걸렸지만 앵두가 기운을 차린 뒤에도 엄마 집에서 지냈어. 여러 번 버스를 갈아타고, 긴 시간 버스에 앉아 익숙하지 않은 풍경들을 바라보는 것도 좋았어. 그렇게 얼마간만 더, 얼마간만 더 하며 일이 있을 때마다 서울을 오갔어.

앵두는 여전히 아프긴 했지만 그래도

날이 갈수록 생기를 되찾았고 그건 엄마도
나도 마찬가지였던 것 같아. 나는 그저 엄마가
하는 대로만 하면 되었어. 그러면 앵두는
조금씩 좋아졌어. 앵두의 컨디션이 좋아
보이는 주말이면 우리는 앵두와 함께 사방이
장미꽃으로 가득한 근처 호수 공원으로 나가
볕을 쐬며 앞으로 내가 계획하고 있는 일이나
내가 꿈꾸는 미래, 엄마의 직장에서 일어난
일들에 대해 이야기를 나누곤 했고 돗자리를
펴고 나들이를 즐기는 사람들을 구경했어.
강의료가 입금된 날엔 엄마가 먹을 홍삼과
예쁜 접시를 구입했지. 그리고 저녁이면
강판에 감자를 갈아 전을 부쳤어. 평일엔 식사
시간이 어긋나 늘 따로였던 식탁에 마주 앉아
임영웅의 노래를 틀어놓고 막걸리를 마시며
이런저런 이야기를 나눴어. 물론 네 이야기도
한 번 했지. 엄마는 여전히 널 아주 좋아하고

늘 응원하고 계셔.

　　그즈음 앵두의 병원에서는 긴급한 상황이
생기면 바로 와야겠지만 이제 한 달에 한
번씩만 검진을 와도 좋다고 했어. 그렇더라도
상황이 크게 달라진 것은 아닌 것이, 이제
앵두는 검사를 위한 피도 쉽게 뽑을 수 없는
상태고, 약해진 다른 장기들에 대해서도
이미 먹는 약이 많아 약을 더 추가하기가
조심스럽다고 했어. 유지해주었으면 하지만
결국 조금씩 더 약해질 거라고. 그런 뒤로는
그래도 이만큼 기운을 차린 것은 기적이라
말할 수 있을 정도로 흔치 않은 일이며 정말
잘 버텨주고 있으니 지금처럼 행복하게
살다가 갈 수 있도록 잘 지내는 게 중요하다고
덧붙였지. 엄마와 나는 아마도 그때야 앵두의
상태를 있는 그대로 받아들인 것 같아.
얼마간의 침묵 끝에 엄마가 뭘 더 해주면

좋을지를 물었을 때, 의사는 지금 서로 너무
잘하고 있다면서 지금처럼 하면 된다고
말했어.

그날 돌아오는 택시 안에서 엄마와
나는 다행이라는 말을 서로 하지 않았어.
짐작하기로 엄마는 머지않아 앵두를 안아줄
수조차 없는 때가 올 거라는 생각에 잠겨
있었던 것 같아. 원래 그렇게 일어날 수 있는
모든 가능성에 대해 알려주느라 조금 안 좋게
말해줄 수밖에 없는 거래. 나는 카페에서
본 글을 인용해서 전해보기도 했지. 그렇게
얼마간은 왔다 갔다 한 적도 있었지만 앵두와
함께 믿을 수 없는 2년을 보냈어. 그러다
지난봄 교통사고로 엄마를 보내고 마음을
먹었어. 그곳에서의 삶을 정리하고 앵두와
함께 살아야겠다고. 정리가 쉽지는 않을
것 같아 고민 끝에 잠시 앵두를 네게 맡겨.

그사이 무슨 일이 생길까 봐 방법을 찾으려
노력했는데, 어떤 방법도 찾을 수 없었고
그러는 동안 더는 미룰 수 없는 상황이
되어버렸어. 선용아. 정말이지 너밖에 없었어.
너에게도 앵두에게도 정말 미안한 마음이야.
앵두가 너를 많이 좋아했으니까 서로 잘 지낼
수 있을 거라 믿어. 부탁할게.

　　편지를 내려놓고 긴 숨을 내쉰다.
희미하게 가로등 빛이 스며드는 창문 가까이,
여름 나뭇잎들이 다가와 있다. 그것들은
잔잔하게 흔들리고 흔들린다. 창문 앞에
놓인 책상에 앉아 얼굴을 본 적 없는 여자의
어머니와 조금 전 다녀간 여자의 집을
상상한다. 그들은 깨끗하고 단정한 집에서
부지런히 움직이고 앵두는 그들을 바라볼
것 같다. 비가 오는 날 베란다에 기대서서

함께 비 냄새를 맡고 바깥 풍경을 바라볼 때,
나뭇잎 하나가 방충망에 달라붙을 것 같다.
앵두가 그 나뭇잎에 코를 가져갈 것 같다.
그들은 앵두를 안고 비가 그치면 불어올
바람과 햇빛을 기다릴 것 같다. 그날의 바람과
햇빛을 상상하는 나는, 사는 동안 무언가를
돌본 적 없다는 것을 깨닫는다.

어느새 곁에 다가선 선용이 무얼 하고
있느냐고 물어온다.

나는 누군가를 진심으로 사랑할 줄
모르는 것 같아.

나는 네가 날 사랑하는 것 같은데.

그래? 나는 놀라서 되묻고

응. 선용이 무심하게 대답한다.

내가 틀린 말을 한 걸까. 내가 아는 사랑은
사랑이 아닌 것 같고 내가 하는 사랑은 사랑이
아닌 것 같은 마음을 감추고 나는 고개를

끄덕인다.

자자.

선용이 말한다.

근데, 나 원래 개 좋아해.

사랑할 줄도 모르고 사랑받을 줄도
모르는 것 같다는 생각을 아주 오래 해왔다는
말은 하지 않는다.

7

앵두의 소식을 들은 날부터 세미는
매일 우리 집에 들른다. 늙고 아픈 개라고
하자 귀찮게 하지 않겠다고 약속한다. 더
사랑해주겠다고 약속한다.

사람으로 치면 몇 살 정도 된 건데?

한 100살 정도 된 건가 봐.

우와.

그러면서 세미는 매일 밥을 챙겨주는
검은 고양이에게 체리라는 이름을
지어주었다고 말한다.

똑같이 앵두라고 하기는 좀 그래서.

세미가 웃는다. 은영 씨가 쥐젖을
제거하러 병원에 갔다는 소식도 전해준다.
내게도 쥐젖이 있느냐고 묻고, 내가 그렇다고
하자 아픈 거냐고 묻는다. 나는 그렇지는
않다고 대답한다. 세미와 나는 아픈
강아지들을 위한 네이버 카페 글을 읽으며
정보를 습득한다. 세미는 그 정보들을 노트에
적기까지 한다. 그런 다음엔 거의 누워
지내는 앵두가 조금 서거나 걸어볼 수 있도록
한다. 옥상에 올라가 시간을 보내기도 하고
유아차에 태워 산책로 끝까지 갔다 오기도
한다. 늦은 점심을 먹고 세미가 오면 그렇게
시간을 보낸다. 그러다 세미가 돌아가면 오후

작업을 시작하고 틈틈이 앵두를 살핀다.
앵두의 상태는 유지되고 있다.

점심 잘 챙겨 먹었어?

응.

요즘은 제때 먹고 제때 자네.

그러게.

제시간에 퇴근한 선용이 저녁에 해수가
집으로 온다는 소식을 전한다. 며칠 전
안부를 묻는 해수의 메시지에 혼인신고를
하기로 했다고 전했던 것은 나였다. 지금이
저녁이잖아. 내가 말하고 그렇지, 선용이
말한다. 은영 씨네 가게에서 음식을 포장해
오겠다면서 곧바로 내려간다. 앵두가 온 뒤로
집에 누군가 오는 것은 처음이다.

앵두의 저녁밥과 약을 챙기자마자 해수와
선용이 거의 동시에 도착한다. 해수는 술을
잔뜩 사 온 것 같다. 나는 해수를 반기고

선용은 얼른 앵두의 배변을 돕는다.

웬 개야?

그렇게 됐어. 이달까지만.

너 개 무서워했잖아.

어릴 때는 좀 그랬었지.

해수는 집 안을 휙 둘러보고 사 온
것들을 내려놓는다. 나는 선용이 사 온
불고기와 감자전, 가지찜을 하나씩 식탁
위로 옮긴다. 선용이 해수에게 자리를
안내한다. 어떻게 들어왔냐고 선용이 묻고,
에세이 출간을 앞두고 잠시 들어왔다고
해수가 대답한다. 올해 갔던 여행지 중에서는
어디가 제일 좋았느냐고 선용이 다시 묻고,
아제르바이잔이라고 해수가 대답한다. 해수는
8만 여행 유튜버로 올해까지 10만 명 달성이
목표라고 말하고 선용은 엄지손가락을
치켜든다. 처음엔 상상만 하던 것이 실제로

이루어지고 있다고, 상상은 내게 확신을
준다고 해수가 말한다. 나는 해수가 하는 말
하나하나가 전혀 와닿지 않는다. 그게 바로
내가 해수를 싫어하고 좋아하는 이유라는 걸
선용도 모르지 않는다. 은영 씨도 이따가 들를
수 있으면 들른대. 선용이 말한다.

　은영 씨는 10시가 조금 넘은 시간에
방문한다. 해수와 활기찬 인사를 나눈다.
우리는 못 하이 바 요!를 외친 뒤 맥주를
마시고, 은영 씨는 해수의 채널을 구독하고
있었다는 증거로 휴대폰 화면을 보여준다.
그러자 해수가 오늘 집에 가지 않겠다며
술을 더 사 오겠다고 말한다. 2년 전쯤, 한 번
자리를 함께한 뒤 처음이었으나 두 사람은
함께 편의점으로 간다. 선용은 그사이 앵두
앞에 물그릇을 갖다주거나 배변을 할 수
있도록 한다. 앵두는 물을 조금 마시고 소변을

본다. 아침도 잘 먹었고 오후엔 똥도 잘
누웠다고 나는 말한다. 선용이 앵두에게 처방
간식 두 개를 먹인다.

고마워.

선용이 포옹한다. 우리는 잠시 그렇게
있다가 어질러진 식탁 위를 정리한다.
앞접시를 바꾸고 구겨진 냅킨과 빈 그릇을
치운다.

해수와 은영 씨는 위스키를 사 왔다.
선용은 재빨리 잔을 바꾼다. 그러는 동안
나는 냉장고에서 멜론을 꺼내 자른다. 출간을
한 뒤엔 이제 어디로 떠나느냐고 은영 씨가
묻고, 해수는 핀란드로 간다고 말한다.
그러면서 선용과 내게 신혼여행은 어디로 갈
예정인지를 묻는다. 글쎄, 아직 그런 생각은
안 해봤어. 내가 말하자 해수가 크게 놀란다.

결혼식도 안 하고 신혼여행도 안 가고

이렇게 아무것도 안 한다고?

　좋은 데서 밥은 먹을 거야.

　이모도 온대?

　나는 대답하지 않는다. 너 엄마 없이 거길 혼자 나갈 수 있어? 세상이 바뀐 것 같지만 정작 현실은 이렇다면서 해수는 위스키를 한 모금 마신다. 이모는 대체 너한테 왜 그런대? 그러면서 해수는 내 어머니에 대한 이야기를 하기 시작한다. 이모와 내 어머니 사이의 일들도 섞어 들려준다. 자기가 생각해도 내 어머니는 인간적으로 별로라면서, 내가 안쓰러울 때가 많았다고 말한다. 나를 낳은 것을 후회하는 바람에 출생신고도 4년이 지나서야 겨우 했다고 말한다. 그래서 이모가 내게 더 잘해줄 때도 질투하지 않고 가만히 있어주었다고 말한다. 고무줄을 하다가 같이 넘어지면 나부터 일으켜 세워주고, 밥그릇을 놓아줄 때도 나부터 놓아주던 것을 기억하고 있다고. 논에서 크게 굴렀을 때도 밤새 네 상처만 살폈었다고. 그럴 때 자기는 스스로 일어나고 스스로 밥을 먹었다고. 선용과 은영 씨는 해수에게 그러셨냐고 반응한다. 나는 조금 부끄러운 심정이 되어 술을 마신다. 그러나 어른이 된 후엔 이모가 내게 신세를 졌다고도 말한다. 자주 해외에 나가 있을 때마다 아팠던 이모의 수술과 입원을 자기 대신 내가 챙겼다면서, 언제나 자기 대신 내가 그런 역할을 해주었다고 말한다. 그래서 이모도 내 삶의 어떤 굵직한 변화가 있을 때마다 무조건 지지하고 응원하고 있다고 말한다. 모르긴 몰라도 여느 이모와 조카보다 끈끈할 거라고 말한다.

근데 막상 이모는 너 대학 가고 연애하고 취업하고 독립하고 그럴 때마다 막았잖아.

다른 엄마들은 하라고 등 떠미는 일들인데.

　이야기의 주제는 다시 우리를 의아하게
했던, 아니 그때의 나를 오랫동안 괴롭혀왔던
내 어머니의 행동으로 돌아오고, 내 어머니가
왜 그랬는지는 나도 모르는 일이기 때문에
할 말이 없다. 그럴 때마다 내가 어머니와
반대되는 의견을 갖고 있다는 게 이유라면
이유일까 모르겠다. 해수는 한동안 내
어머니의 험담 비슷한 것을 늘어놓는다.
내 어머니가 직접적으로 한 말이나 행동이
아니라 예전의 내 성격과 자주 짓던 표정,
했던 선택들, 내가 좋아하고 싫어했던 것들에
대해 말한다. 내가 그랬던 건, 돌이켜보면
다 내 어머니 때문이었던 것 같다고 말한다.
나는 곧 해수의 대화 주제가 나로 옮겨 올 것
같은 예감을 한다. 근데 제 생각에 수인이도
예민하긴 하거든요. 해수가 말한다. 해수는

이종사촌의 입장에서 나와 내 어머니를
판단한 결과를 내 연인과 친구 앞에서 말하고
있다. 나는 앵두에게 시선을 둔다. 나를 보고
있던 앵두와 눈이 마주친다.

근데 사실 진짜 속사정은 모르는 거긴
해요. 그죠?

잠시의 침묵 뒤에 해수가 말하고,
위스키를 연거푸 마신다. 자기라면 옛날에
연을 끊었을 거라고 말하다가 내 어머니도
쉽지 않은 삶을 살긴 했다며 그래도 엄마인데,
죽을 때가 되면 후회하지 않겠느냐고 묻는다.
나는 대답하지 않는다. 어떤 대답을 해도
오늘의 해수는 내 마음의 반대편에 설 것
같다는 생각이 든다. 후회할 것 같다고
말해도, 후회하지 않을 것 같다고 말해도
해수의 말은 결국 한 점에 모일 것 같다. 나는
멜론을 먹는다. 달고 시원한 멜론을 먹는다.

선용이 앵두 이야기로 화제를 돌려보려
했지만 해수는 앵두에게 전혀 관심이 없다.
그만했으면 싶은데 다시 주제가 돌아온다.

근데 말이야. 수인이 네가 이모를 더
사랑해볼 생각은 안 해봤어?

조금 따지는 투가 된 해수가 내게 대답을
재촉한다. 해수는 어머니와 내 사이를
해결하고 싶은 것 같다.

이모가 딴 데 가서는 안 그러잖아. 너
아니면 누구한테 그런 말을 하겠어.

나는 해수의 표정에서 어머니를
발견하지만 두 사람을 잇지 않으려고 애쓴다.
이번엔 은영 씨가 아까 이야기하다 넘어간
신혼여행지로 대화 주제를 환기해보지만
놀랍게도 주제는 다시 모녀 사이가 된다.

은영 씨, 피곤할 텐데 먼저 들어가시는 게
어떨까요.

내 말에 은영 씨는 그러겠다고, 먼저 일어나서 미안하다고 말한다. 해수는 크게 아쉬워하면서 일어서는 은영 씨를 붙잡고 못 하이 바 요!라고 외치며 잔을 부딪친다. 은영 씨는 남은 술을 마시고 돌아간다. 해수는 순식간에 귀가가 어려울 정도로 만취한다. 나는 선용에게 미안하다고 말하고 선용은 괜찮다고 말한다. 재워보려 했지만, 눕히면 다시 일어나 식탁에 앉아 우리들의 어린 시절과 지금의 모습에 대해 이야기한다. 내게 이 정도면 성공한 거 아니냐고 이야기한다. 대답을 하면 말이 길어질까 봐 나는 침묵하고, 해수를 작은방에 눕힌다.

난 네가 결혼도 안 할 줄 알았어.

해수의 이런 모습은 꽤 오랜만에 보는 것 같다.

근데 은영 씨 전남편은 아빠 노릇 잘 하고

있대?

그게 너랑 무슨 상관이야.

나는 방문을 닫고 나온다.

[못 치우고 와서 미안해요. 다음번에 우리 집 와서 어지르고 가요.]

[그리고…… 수인 씨의 마음을 이제 조금 알 것 같아요.]

은영 씨로부터 두 개의 메시지가 왔다. 나는 지칠 대로 지쳐버려 따로 답장을 하지 못한다. 해수도 은영 씨도, 할 수 있는 말을 한 거겠지 생각하려 노력한다. 해수라서 할 수 있는 말이었고 은영 씨라서 할 수 있는 말이었다고. 그때의 내게서 너무 가까이 있어서, 너무 멀리 있어서 할 수 있는 말. 지금의 나와 너무 멀리 있어서, 너무 가까이 있어서 할 수 있는.

8

해수는 가고 없다. 어제 술이 과했다고, 실수가 있었을 것 같아 미안하다는 메시지가 와 있었다. 미처 치우지 못한 부엌과 식탁을 정리한다. 선용이 자다 깬 목소리로 내가 할게,라고 말한다. 내가 하지 뭐. 나는 대답하고, 정리를 하다 말고 창문 앞에 놓인 책상에 앉아 휴대폰을 열어본다. 어머니에게 받았던 마지막 메시지를 다시 읽는다. 지우기 위해서 다시 읽는다.

우리 그냥 어머니 없이 식사하자.

선용이 갈라진 목소리로 말하고, 나는 놀라서 얼른 핸드폰을 닫는다. 선용이 앵두에게 밥을 먹이고 물과 약을 먹이고 배변을 돕고 소변 색을 체크하고 씻기기 위해 욕실로 들어가는 모습을 본다. 물에 젖어

어쩐지 초라해진 얼굴의 앵두를 안고 나오는
장면을 본다. 요즘에 똥을 오후에 싸더라.
내가 아무 일도 없었다는 듯이 말하고 그러게
말야. 선용이 말한다. 선용이 앵두의 피부를
말리고 새 옷을 입히는 순간들을 본다.

은영 씨가 세미와 함께 뭇국을 끓여
방문한다.

이런 것까지 챙겨주시면 어떡해요.

식구들 것 끓이면서 물만 더 넣었어요.

물만요?

내가 섭섭한 표정을 짓자 은영 씨가
웃는다. 세미가 선용과 함께 앵두를 볼 때
은영 씨와 나는 옥상으로 올라간다. 덥긴 한데
습도가 낮아 바깥에 있기에 좋았다. 좀 이따가
세미는 아빠와 함께 어린이 박물관에 간다고
한다. 이번에도 함께 가고 싶은지를 물었더니
역시 그렇다는 대답이 돌아온다.

어려운 건가요?

네.

은영 씨는 그래도 지금은 괜찮다고, 그때가 더 힘들었다고 말한다. 헤어지기 전이 더 괴로웠지, 이혼을 한 후는 차라리 나은 것 같다고. 나는 은영 씨가 그렇다니 은영 씨는 그런가 보다 하면서 고개를 끄덕인다.

저기 해바라기 너무 예쁘죠.

나는 옥상에 올라올 때면 늘 보이는 건너편 집에 늘어선 해바라기를 가리킨다. 우리는 그것이 조화인 줄 알면서도 예쁘다고 말한다.

아, 이거.

은영 씨가 책 세 권을 내민다. 지난봄 빌려주고 깜빡 잊고 있던 책이다. 읽지 않은 것을 빌려준 것이긴 했지만 책은 그때처럼 너무나도 깨끗하다.

읽은 거 맞아요?

그럼요.

너무 깨끗한데요?

빌린 거니까 소중하게 봤지요. 내 거라면
더 소중하게 보고. 하하.

은영 씨가 짧게 웃고는 가을이 오면
평창 여행을 가자고 말한다. 나는 그러자고
대답한다. 평창에는 한 번도 가본 적이 없어
기대가 된다고 말한다. 그러다 문득 얼마 전
접촉 사고로 내렸던 버스에 다시 올라타게
되었던 일을 맥락 없이 전한다.

푸하하— 엉뚱한 일이네요.

은영 씨가 웃는다.

9

선용의 전 연인이 괜찮은 사람 같다는

생각을 한다. 여자가 써둔 내용과 짧은 기간 동안 내가 바라본 앵두의 생활이 꼭 같은 것을 보면서 그런 생각을 한다. 여자의 설명처럼 앵두는 장난감에는 관심이 없고 마사지를 좋아한다. 혹시 몰라 이것저것 장난감들을 사다 주었는데 정말이지 아무런 관심을 보이지 않았다. 너 이게 얼마짜린 줄 알아? 하면서 선용과 나는 열심히 앵두를 마사지한다.

그제는 작업을 하던 책상을 안방으로 옮겼다. 안방에서 거실이라고 해봤자 몇 걸음이었지만 배가 고프거나 배변이 하고 싶을 때 아주 작은 소리를 내기 때문에 그걸 듣기 위한 것이었다. 그 정도의 변화 외에 다른 건 없다.

가끔 선용이 늦는 날엔 앵두와 둘이 산책을 나선다. 앵두와 닮은 개들과도

마주친다. 나는 이제 그 개들과 앵두를
구분해낼 수 있다. 앵두는 유아차에서 내리지
못하지만 이렇게나마 그들끼리 조금 시간을
갖게 둔다. 그러는 사이 어떤 사람들은
앵두의 이름을 묻고 나는 대답한다. 이름이
왜 앵두인지를 물어올 때면 모르니까 그냥
웃고 말고, 대체 어디가 아프기에 털이 하나도
없느냐고 물어올 때면 적당한 표정을 지으며
글쎄 수의대 박사님들도 원인을 모르겠다고
하네요, 하면서 약도 없다고 대답한다.

언제부터 아팠느냐면서 나이를 물은
사람들은 내 대답을 듣고 크게 놀라며 앵두를
너무나도 잘 키웠다고 말한다. 그러니 아프긴
해도 그 나이까지 살아 있다고 말한다.
내가 키운 것이 아니었으므로 속으로 나는
머쓱한 마음이 된다. 여자의 어머니가 이렇게
키웠다고 말하고 싶지만 간단히 설명할

자신이 없다. 한번은 잠깐 맡아주는 거라고
말했다가 계속되는 질문에 기가 다 빨린
적이 있었다. 내가 하는 대답마다 이해가
되질 않는다고 하더니, 마지막엔 앵두를 맡긴
여자를 생명을 가볍게 여기는 아주 글러먹은
사람으로 단정 지어버린 것이다. 앵두야, 저거
아니야. 마음을 놓아도 돼. 네게 오기 위해서
간 거야. 믿고 있지? 그 사람에겐 뭐라고
대꾸하지 못한 뒤에 괜히 앵두에게 여러 번
했던 말을 하고 또 했던 날이 있었다.

　　앵두를 닮은 개들의 보호자는 내게 또
보자고 말한다. 네, 안녕히 가세요. 나는
인사하고, 서둘러 들어왔더니 그새 선용이 와
있다.

　　연락할걸. 같이 가게.

　　아냐, 우리 둘이 잘 갔다 왔어.

　　선용이 내게 고맙다고 말하고, 나는

선용에게 농담을 한다.

그 여자한테 좀 천천히 오라고 해.

10

여자는 캐나다에서의 정리가 끝나간다는
연락을 해왔다. 늦은 밤, 나는 앵두와 시간을
보내고 있는 선용에게 간다. 앵두는 자지 않고
두 눈을 뜨고 선용을 보다가 나를 본다.

눈이 안 보인다고 하지 않았나?

근데 왠지 보이는 것 같아.

그치?

나는 앵두의 머리와 배와 발 냄새를
맡아본다. 앵두에게선 발냄새가 난다. 왜
발냄새를 맡아보느냐고 선용이 웃는다. 나는
선용을 따라 웃으면서 그냥이라고 대답한다.
선용이 자기 발냄새도 맡아보라고 하기에

나는 먼저 재빨리 내 발을 선용의 코 쪽에
갖다 댄다. 선용이 숨을 참는다.

넌 털도 없고 발바닥도 없네.

앵두는 뿌연 눈으로 날 빤히 바라본다.
후훗. 근데 언니도 없는 거 많잖아. 장난스레
꼭 그렇게 말하는 것처럼, 한쪽 시력은 이미
잃었고 나머지 한쪽도 아마 거의 안 보일
거라고 여자가 알려주었는데, 마치 거기 있는
거 다 안다는 듯한 눈빛으로 정확하게 날
바라본다.

난 아주 어릴 적에 팔이나 다리, 어디라도
부러트리고 싶을 때가 있었어. 그러면 엄마가
날 좀 아껴줄까 싶어서. 다른 애들 보니까
깁스하고 그러면 잘해주더라고.

실제로 그런 적도 있어?

아니, 없어.

아이구 잘했네.

근데 이모는 말이야. 남들 다 하는 걸 나도 했다거나 그저 실수를 하지 않았을 뿐이었을 때도, 가끔은 진짜 아무것도 한 거 없이 그냥 밥을 먹거나 웃기만 해도 예쁘다고 말해주곤 했어. 심지어는 자다 깼을 뿐일 때도 그랬다니까? 수인아, 살아 있는 것들은 잘 때도 표정이 있단다, 나지막이 말하면서. 내 이마를 쓸어 올리고, 자는 게 왜 그렇게 예쁘냐고, 대답해보라고.

진짜야? 우리 엄마도 그러진 않았어.

그러니까 말이야.

앵두와 선용이 차례로 눈을 감고, 나는 그런 둘의 모습을 오랫동안 바라본다. 잊지 않으려고 그렇게 한다. 불안한 마음에 사진을 찍는다. 새벽 같은 어둠뿐이지만 안심이 된다. 나는 거실로 나가 서랍을 연다.

챱챱

춉춉

챱챱

춉춉

낯선 소리에 뒤를 돌아본다. 거실 문턱
너머에 앵두가 한쪽 다리를 들고 서 있다.
깊은 새벽이지만 전자 제품들의 작은
불빛들이 비쳐와 어렴풋한 형체들을 알아볼
수 있다. 나는 앵두와 눈을 마주한다. 앵두는
절룩이면서 내게 가까이 다가온다. 나는
바닥으로 내려와 앉고 앵두는 내 앞에 가만히
한쪽 다리를 들고 서 있다.

너, 너 어떻게 온 거야.

앵두는 나를 빤히 바라보며 다가와
내 무릎에 올라오려고 한다. 나는 앵두를
안아본다. 뜨거울 정도로 따뜻하다. 앵두가
빤히 바라보기에 얼굴을 가까이 가져간다.
앵두의 힘없는 혓바닥이 내 얼굴을 핥는다.

앵두는 얼마간 가만히 있다가 몸을
움직인다. 나는 앵두를 다시 내려놓는다.
앵두는 비틀거리며 다시 안방으로 향하고
나는 앵두를 따라간다. 앵두가 배변 패드로
올라선다. 나는 앵두를 잡아준다. 소변을
본 앵두가 토퍼 위로 올라가 이불 속으로
들어가려 한다. 나는 앵두가 잘 들어갈 수
있도록 이불을 들어 공간을 만들어주고, 이불
속으로 들어가는 동안에는 쓰러지지 않도록
앵두의 몸에서 조금 간격을 두고 손으로
보호막을 만든다. 자리를 잡을 때까지 내
손은 앵두를 따라 움직인다. 앵두는 아래쪽에
자리를 잡았다가 조금 위로 올라와 선용의
옆구리에 제 몸을 붙이고 새근새근 숨을 쉰다.
숨을 쉴 때마다 작은 몸이 천천히 부풀어
올랐다가 다시 천천히 내려앉는다.

　　나는 이불 속에서 얼굴을 빼고 벽에

기대어 앉는다. 하얗고 얇은 여름 이불은
규칙적으로 선용과 앵두의 숨을 따르고, 나는
문득 방바닥에 길게 드리운 내 그림자를
본다. 나는 생각한다. 내가 짐작하거나 헤아린
것들이 아니라 직접 본 것들을 생각한다.
그러다 며칠 전 바라보기만 하다 끝내 지우지
못했던 어머니의 연락처와 메시지를 지운다.
더 사랑하는 것도 아니고 덜 사랑하는 것도
아닌 것. 주지 않는 것. 받지 않는 것. 하지
않는 것. 아무것도 하지 않는 것. 그런 채로
사는 것. 나는 그동안 대체 무엇을 믿어온
걸까.

  가능한 일인지는 잘 모르겠지만
이번만큼은 확실한 것이 아니라 불확실한
것을 믿고 싶다. 지금 내가 할 수 있는 것은
그게 전부다. 예기치 않은 순간에 미래의
계절은 가을이 되고, 나는 열차에서 내린다.

작가의 말

　내게는 자연스럽게 이해가 되는 것

　심지어 태어날 때부터 이미 이해하고

있는 것과

　조금 노력하면 이해할 수 있을 것 같은 것

　그때는 이해할 수 없었지만 지금은

이해하는 것

　그때는 이해했지만 지금은 이해할 수

없는 것

　어쩐지 앞으로도 이해할 수 없을 것 같은

것들이 있는데,

늘 나를 괴롭게 하는 건

조금만 노력하면 이해할 수 있을 것 같은
것들이었다.

그래서 어떨 땐 정말로 이해가 되기도
하지만

아무 생각 없이 살다 보면 어느새 다시 그
자리로,

중요한 순간이 오면 결국 원래 자리로
돌아가곤 하는 것들.

평생 그렇게 내 주위를 빙빙 돌기만 했던
것들.

너무 이해하고 싶어서 노력하려고
노력했던 것들.

근데 그게 잘 되지 않을 때 나는,

요즘의 내게는 이해와 사랑이 같은
의미로 다가와 있다.

그때의 내가 무언가를 이해했었다거나

앞으로 노력하면 가능할 거라는 생각

이해하고 싶던 마음마저도 착각이었을지

모른다는 생각을 한다.

슬픈 종류의 착각은 하고 싶지 않은데

본 것만을 믿을 때는 높은 확률로, 그런

생각이 든다.

2024년 가을

이주란

이주란 작가 인터뷰

Q. 소설 《그때는》은 아버지 없이 폭력적인 어머니와 어린 시절을 보낸 '수인'이 늙고 아픈 개 '앵두'와 함께 지내게 되는 이야기예요. "어머니의 말에 따르면 처음부터 나는 어머니가 원치 않던 아이였"(18쪽)지만 앵두 역시 수인이 원한 적 없던 개였죠. 그럼에도 수인은 어머니와 달리 "앵두는 아무런 죄가 없으니까"(57쪽)라며 하루 세 번 갖가지 약을 챙겨 먹이고 배변을 돕고 조금이나마 바깥을 걸어볼 수 있도록 정성껏 돌봐요. 상처받은 사람도, 어쩌면 상처받은 사람이어서 더욱 사랑할 수 있다는 걸 보여주는 이야기라고 느꼈어요. 어떻게 이런 이야기를 생각해내게 되셨나요?

A. 이 소설을 쓸 즈음에는 돌이킬 수 없을 정도로 어긋난 관계에 대해 생각하고

있었습니다. 서로의 마음을 진심으로
인정하는 일은 사실상 불가능하고, 판타지에
가깝다고 생각합니다. 아마 속으로는(아주
조금의 차이일지라도) 각자가 자신이 더 옳다는
쪽으로 기울어져 있을 것 같아요. 그래서
받아들여서든 포기를 해서든 노력을 했든
안 했든, 그 상태를 그대로 두거나 결국에는
관계를 놓을 수밖에 없다는 결론에 가닿게
되었어요. 양쪽이 같은 마음이 아니면 성립이
안 되기 때문에요.

　　그럼에도 미래는 알 수 없는 것이라
끝이라는 표현보다는 놓는다는 표현을 쓰고
싶은데요, 이건 자신을 위한 일이기도 하고
지금 나를 사랑하는 사람들을 위한 일이기도
할 것 같아요. 심지어는 상대방을 위한
일도 되고요. 설사 관계를 돌이키는 것이
가능하다고 하더라도 앞에 놓인 그 길이

너무 어둡고 머니까, 그런 채로 살 각오를
하게 되는 것이죠. 하여 그곳에 도착하지
못할지라도, 어쨌든 우리는 어두운 길
한복판에서 바로 앞을 더듬으며 걸어가야만
하고요. 내가 가지고 있던, 혹은 우연히 만난
희미한 빛이 꺼지지 않게 소중히 하면서요.

Q. 인물들이 겪는 시트콤 같으면서도 있을 법한 사건들 역시 인상적이었어요. 이를테면 접촉 사고가 나서 타고 있던 버스에서 내려 다른 버스로 환승하고 한참을 기다려 다시 올라탄 버스가 사고로 하차했던 바로 그 버스라든지, 연인과 함께 사는 집에 연인의 오래전 연인이 찾아와 늙고 아픈 개를 맡기고 간다든지 하는 일이요. 이런 에피소드는 주변에서 수집하시는지 아니면 머릿속에서 일으키는 일들인지 궁금합니다.

A. 언급해주신 일화에 대해 말해보자면, 작은 사고로 내렸다가 다시 탄 버스가 바로 그 버스였던 것은 제가 1년 전쯤 경험한 일이었습니다. 수인이 선생님을 만나러 간 동네를 어디로 할까 하다가 그곳을 떠올렸고 그러자 자연스럽게 그 일이 떠올랐어요. 그

동네는 한성대 쪽이었고요, 친구의 결혼식에
갔었던 건데, 그날의 날씨 때문인지 낯설지만
포근한 기억으로 남아 있습니다. 혜화까지는
종종 갔지만 한성대 쪽은 처음이었거든요.
그 후로도 간 적이 없고, 그래서 더 기억에
남았던 것 같습니다. 버스 안에서 라디오를
듣거나 내리지 않았던 할머니와 눈을 마주친
일은 없었고요. 연인과 사는 집에 연인의
전 연인이 찾아오는 설정은 경험한 것은
아니고, 거절할 수 없는 상황을 만들기 위해
생각해보았습니다.

Q.《그때는》속 인물들은 모두가 서로를 보살핀다는 생각이 들었어요. 어린 시절 수인을 돌봐준 '이모'뿐 아니라 '은영'은 '세미'를 돌보고 세미는 수인과 함께 앵두를 돌보면서 수인에게 커다란 안전감을 주고 "유머 감각으로 치자면 오히려 세미가 나와 놀아주는 것일지도 모른다고 생각"(16쪽)하게 하죠. 선용의 전 연인인 여자는 앵두와 자신의 엄마를, 그의 엄마는 앵두를 돌보고, 앵두는 자신을 보살피는 인간들을 살게 해요. 얄미운 '해수'마저도 수인을 구하러 논으로 뛰어 내려가는가 하면 상담 선생님을 소개해주기도 했는데요. 누구도 일방적으로 받기만 하지 않는다는 점에 대해서도 생각해보게 되었어요. 작가님께 돌봄은 어떤 모양인가요?

A. '돌보다'의 사전적 정의는 관심을

가지고 보살피다,라고 되어 있습니다. 책임과
어느 정도 맞닿아 있는 것 같지만 명확하게
구별되어요. 다른 모양이지요. 제가 생각하는
돌봄이란 그저 정의대로 관심을 가지고
보살피는 것입니다. 책임은 무겁게 생각하면
무거울 수 있지만 돌봄은 그에 비해서는
무겁지 않다고 여겨져요. 관심을 갖고
보살피는 일은 할 수 있을 것 같거든요. 할 수
있고, 또 바랍니다!

　　모든 시간과 삶을 쏟는 것이 아닌,
함께 있는 동안의 관심과 보살핌이요. 그런
마음들이 이렇게 저렇게, 정해지지 않은
모양으로 이어진다고 생각합니다. 심지어
곁에 있지 않아도 가능하고, 여기서 받은
것을 저기에 주기도 하고, 아주 가까운 곳을
향하기도 하고 또 아주 먼 곳을 향하기도
하고요. 그러다 보면 스스로를 책임질 힘이 좀

생기는 것 같다는 것을 경험으로 느낀 적이
있었습니다. 스스로도 제 삶을 책임지지 못할
때였는데, 아직도 그때를 떠올리면 기분이
좋아져요. 그러고 나니까(막 자신 있는 것은
아니지만) 나 아닌 누군가를 책임질 힘도 조금
생기고 그랬던 것 같습니다.

Q. 돌봄이 돌고 도는 만큼이나 미움이
멈추는 이야기이기도 한 것 같아요. 작품의
초입에서 세미가 수인에게 같은 반 친구가
자길 싫어한다며 고민을 털어놓잖아요.
"내 머리는 걔를 계속 좋아하라고
말하는데, 내 마음은 똑같이 미워하라고
말해"(13쪽)라면서요. 상처받았으니까
되돌려주고 싶은 마음이 드는 거죠. 수인은 그
마음이 자연스러운 거라 생각하면서도 "일단
되돌려주지는 마. 알았지?"(17쪽) 하고 말해요.
상처를 되돌려주는 방법은 알지만 결과가
끔찍할지도 모른다는 수인의 말은 어머니와의
사건을 떠올리게 하고, 일단 되돌려주지
말라는 말은 더는 그러지 않으려는 수인의
마음과 겹치기도 했는데요, 작가님도 상처를
되돌려주지 않으려 애쓰는 편이세요?

A. 아닙니다! 마음은 받은 상처를 되돌려주고 싶습니다! 한데 실제로 그러진 않는 편인데요, 너무 큰 상처가 있어서(?) 그 후로는 웬만한 것에 상처를 잘 안 받기도 하고, 또 애를 쓴 게 아니라 방법을 몰라서, 혹은 귀찮아서였던 것 같아요.

물론 그러다 한 번, 시간이 참 많았던 어느 시기에 이건 꼭 되돌려주겠다, 하고 굳은 마음으로 행동해본 적이 있긴 있어요. 하지만 방법이 잘못되었는지 결과가 끔찍하였고, 이제 다시는 그러지 말아야겠다, 다짐한 상태입니다. 무의미했습니다.

Q. 농담에 관해서도 꼭 여쭤보고 싶었어요. 수인이 선용의 가족들을 만나러 갔을 때 선용의 가족들은 "편히 와서 편히 있다가 편히 가기만 하면 된다"는 부모님을 신나게 놀리잖아요. 수인마저도 "편히 가기만 하면 돼, 엄마?"(28쪽) 하고 덧붙이고요. 일단 대충 씻고 피자부터 먹자고 하면 "대충 씻고 피자 먹고 다시 열심히 씻고?"(48쪽) 하며 놀리고, 함께 술을 마신 다음 날 뭇국을 끓여온 은영 씨가 "식구들 것 끓이면서 물만 더 넣었어요" 하면 "물만요?"(85쪽) 하고 짐짓 서운한 표정을 짓고. 수인과 선용의 해롭지 않은 농담이 사랑스러우면서도 기발했어요. 평소에 농담을 즐기는 편이신가요? 혹시 재미있는 농담을 떠올리기 위해 특별한 노력을 기울이시나요?

A. 재미란 것은 일단 타고나는 것이라 생각하고요, 노력은 하지 않습니다. 가만히 있는 편이 나을지도 모르겠는 게, 편하게 농담을 할 수 있는 자리가 요즘의 제게 잘 없는 것 같거든요. 농담이 통하는 사이야말로 진정한 행복, 그 자체가 아닌가 싶습니다. 언급해주신 농담들도 어떤 사이에서는 말꼬리 잡기에 불과할지 모르고, 또 어떤 사람들은 짜증을 낼 만한 얘기일지도요. 하지만 저들 사이에선 잔잔한 농담이 되어줍니다. 물론 저도 저런 싱거운 농담들을 좋아해요. 하루치 농담 할당량이 있고, 누군가와 함께 그걸 채우며 웃는 날이 많았으면 좋겠습니다.

Q. '작가의 말'에서 "늘 나를 괴롭게 하는 건 조금만 노력하면 이해할 수 있을 것 같은 것들이었다"(98쪽)고 말씀하셨는데, 수인이 어머니에게 느끼는 감정과 겹쳐 읽힙니다. "그때의 내가 무언가를 이해했었다거나 앞으로 노력하면 가능할 거라는 생각 이해하고 싶던 마음마저도 착각이었을지 모른다는 생각을 한다"(99쪽)는 말씀에선 어쩌면 수인이 어머니와 관계를 이어가고 싶어 애썼던 것이 착각일지도 모른다는 생각이 들기도 했는데요. 그럼에도 그때는 그때만의 진실이 있지도 않나 싶었어요. 언젠가 착각했었다며 후회한다 해도, 그때 당시엔 차마 놓을 수 없다든지. 정말로, 조금만 노력하면 이해할 수 있을 것 같은 것들도 있잖아요. '작가의 말'에도 "본 것만을 믿을 때"라는 힌트가 있긴 하지만, "결국 원래

자리로 돌아가곤 하는 것"과 "정말로 이해가
되기도 하"는 것(98쪽)을 구분하는 방법을
아시나요?

　A. 스스로 이해할 수 있으면 정말
좋겠지만, 저는 쉽지 않은 것 같아요. 제가 좀
단순한 편이기도 하고 그 사람이 아니니까
잘 모르겠거든요. 그래도 상대방이 진심으로
자신의 마음을 말해줄 때는 이해가 좀 되는
것 같아요. 그렇구나, 하게 되어요. 저는 본
것만을 믿었을 때 이면까지 헤아릴 수 없었고,
이면까지 헤아릴 힘이 없을 때 본 것만을
믿기도 했거든요.
　내가 먼저 손을 내밀든 그 반대의 경우든,
서로를 이해해보고자 하는 솔직한 마음은
당사자들만이 알 수 있다고 생각해요. 그런
진심도 결국은 각자의 느낌에 맡기는 수밖에

없을 것 같고요. 느낌이라니, 너무 막연한
표현이에요. 하지만 언젠가 가닿는 것이
진심이라면 내 쪽에서도 상대의 이야기를
들을 준비가 있어야 하고 또 솔직하게 내
진심을 표현할 준비도 있어야 할 것 같아요.
그런 준비가 되어 있지 않거나, 놓아야만
하는 관계였거나, 양쪽이 같은 마음이 아닐
때는 다른 방도가 없지요. 이 소설의 수인은
놓아야만 하는 관계를 놓았습니다. 크게
소리치는 대신 마지막 메시지를 지우는 아주
작은 방식으로요.

위픽은 위즈덤하우스의 단편소설 시리즈입니다.
'단 한 편의 이야기'를 깊게 호흡하는
특별한 경험을 선사합니다.

이 작은 조각이 당신의 세계를 넓혀줄
새로운 한 조각이 되기를.
작은 조각 하나하나가 모여
당신의 이야기가 되기를.

당신의 가슴에 깊이 새겨질
한 조각의 문학, 위픽

위픽 뉴스레터 구독하기
인스타그램 @wefic_book

한 조각의 문학, 위픽 wefic

이경희 《매듭 정리》
송경아 《무지개나래 반려동물 납골당》
현호정 《삼색도》
김 현 《고유한 형태》
이민진 《무칭》
김이환 《더 나은 인간》
안 담 《소녀는 따로 자란다》
조현아 《밥줄광대놀음》
김효인 《새로고침》
전혜진 《고르디우스의 매듭을 자르면》
김청귤 《제습기 다이어트》
최의택 《논터널링》
김유담 《스페이스 M》
전삼혜 《나름에게 가는 길》
최진영 《오로라》
이혁진 《단단하고 녹슬지 않는》
강화길 《영희와 제임스》
이문영 《루카스》
현찬양 《인현왕후의 회빙환을 위하여》
차현지 《다다른 날들》
김성중 《두더지 인간》
김서해 《라비우와 링과》
임선우 《0000》
듀 나 《바리》
한유리 《불멸의 인절미》
한정현 《사랑과 연합 0장》
위수정 《칠면조가 숨어 있어》
천희란 《작가의 말》
정보라 《창문》
이주란 《그때는》
김보영 《헤픈 것이다》
이주혜 《중국 앵무새가 있는 방》
정대건 《부오니시모, 나폴리》

- 64

그때는

초판 1쇄 발행 2024년 10월 14일
초판 2쇄 발행 2025년 3월 25일

지은이 이주란
펴낸이 최순영

출판2 본부장 박태근
스토리 팀장 김소연
편집 곽선희 김해지 이은정
디자인 이세호

펴낸곳 ㈜위즈덤하우스   **출판등록** 2000년 5월 23일 제13-1071호
주소 서울특별시 마포구 양화로 19 합정오피스빌딩 17층
전화 02) 2179-5600   **홈페이지** www.wisdomhouse.co.kr

ⓒ 이주란, 2024

ISBN 979-11-7171-715-6 04810
        979-11-6812-700-5 (세트)

값 13,000원